狐狸先生與
LOST AND FOUND
愛吃畫的咕嚕

圖・文／蘇飛

作者簡介 / 蘇飛

本名廖秀慧。馬來西亞麻坡人。一半夢想一半生活。

喜歡被創作和夢想填滿生活，也愛宅在家等家人回來的時光。

喜歡電影，所以開始寫故事。

在寫小說前，寫電視劇及電影劇本，並曾任兩部系列長篇動畫編審。

喜歡創作，已出版青少年書籍十二部及繪本兩部。

繪本創作於我是有意義且有趣的，希望能畫出好玩、有意思的繪本。

窮一生追尋生命的意義，雖模糊卻篤定地走下去。

願大家能在我的繪本中找到自己的感動。

FB 粉絲專頁：蘇飛的世界

推薦序

劉小屁（繪本作家）

　　無字繪本一直是身為繪本作家的我，期待挑戰的表現方式。只以圖畫傳達想說的故事，看似簡單，其實是一件不容易的事。

　　觀者的想像與創意會讓繪本呈現不一樣的氛圍，希望讀者能在可愛的狐狸先生與咕嚕間，讀到只屬於你的情節。

推薦序

歐玲瀞（兒童文學研究者、電台主持人）

　　本書以簡筆線條與色塊呈現，配合著不同視角的場景轉換，閱讀時彷彿看著一場微電影，它靜靜地讓你體會：人生旅途上不僅需要替自己裝滿行囊，也要懂得適時清空包袱。有時，你的放下與給予，看似失去，不經意間卻長出了一條又新又活的路。對於習慣文字閱讀的讀者而言，在沒有文字輔助時，圖像語言的敘事能力就扮演了重要的角色！雖然在故事脈絡的傳達上，可能因閱讀經驗差異而不同，但卻能帶來更多的想像空間與創造力，這也是這本無字繪本的魅力所在！

推薦序

賴嘉綾（作家、繪本評論家）

　　這本書裡的狐狸與咕嚕展現了友誼與善意，由一件不求回報的義行得到最溫暖的回饋。提醒了我們，因存善意出發的舉動往往帶回不可思議的迴向：咕嚕吃了狐狸的畫漸漸長大，因為遇見同伴而開始創作；狐狸因為咕嚕與同伴所啓發的靈感，也開啓另一段創作旅程。

　　在競爭激烈、需要先自我打算的社會裡，以往「為善最樂」、「利人利己」的想法，因為眾人錙銖必較，打量別人的出發點也以數字收益為先，一些以善出發的想法經常得不到正向鼓勵，甚至被譏笑為傻。這本書傳達了生生不息的善，咕嚕這隻說不出物種的動物同時也象徵了善念，尤其最後我們看到另一隻小小的咕嚕躲在狐狸先生的門口，正是最好的印證。

　　無字書經由讀者的詮釋完成書的全程，每一位讀者也適用將自己的生活經驗貼切入書，陪創作者一起發想故事的無限可能！

作者序

興趣是可以累積起來的

對繪本的喜愛應該從年少時在朋友家看過的一本英文版《野獸國》（Where the wild things are）開始，那畫面與文字帶給我的衝擊感至今印象深刻，我也首次記得了繪本作者的名字──莫里斯・桑達克（Maurice Sendak）。

後來由於資訊匱乏，我一直沒辦法接觸喜愛的繪本。直到大學時期，才有機會欣賞到許多令我大開眼界的繪本，那陣子課餘時間打工所得，大部分花在了這些地方，我買了許多喜歡的繪本作家的作品，比如桑貝、幾米、岩村和朗、曼達娜・沙達等等。

那時並未想過要成為繪本作者，只是單純地喜愛、欣賞繪本。

而後因為孩子，我常自己編故事給孩子聽，同時又買進不少有趣的繪本。

我相信所謂的「水到渠成」，當興趣累積到了一定程度，加上後天的機緣，或許某一時刻，自然而然地會將這些年累積起來的東西以另一種形式出現在我生命中。

創作《狐狸先生與愛吃畫的咕嚕》的初衷非常隨意，純粹想說一個關於失去與得到的故事。當時腦海浮現了某個失意旅人與不知名怪物相遇的畫面。我馬上下筆草擬了一個無字的、不太複雜的故事和情境，一切是那麼地自然、隨意。然後的然後，幾乎是一氣呵成的狀態，我完成了這部作品。

　　無字的呈現，如同我作畫時靜謐一片的腦海。失意人的世界都是靜默的，直到那不知名怪物闖入他的世界，畫面才漸漸有了聲音。

　　有人說，這部作品看起來好簡單。是的，就繪畫功力而言，所花的技巧和功夫並不華麗和壯觀。線條式圖畫創作和敘事是最自然、也最容易表達的一種創作形式吧，這種形式對當時剛開始創作繪本的我來說，是最舒服的說故事方式。

　　願與這本書相遇的你有個愉快的閱讀時光。

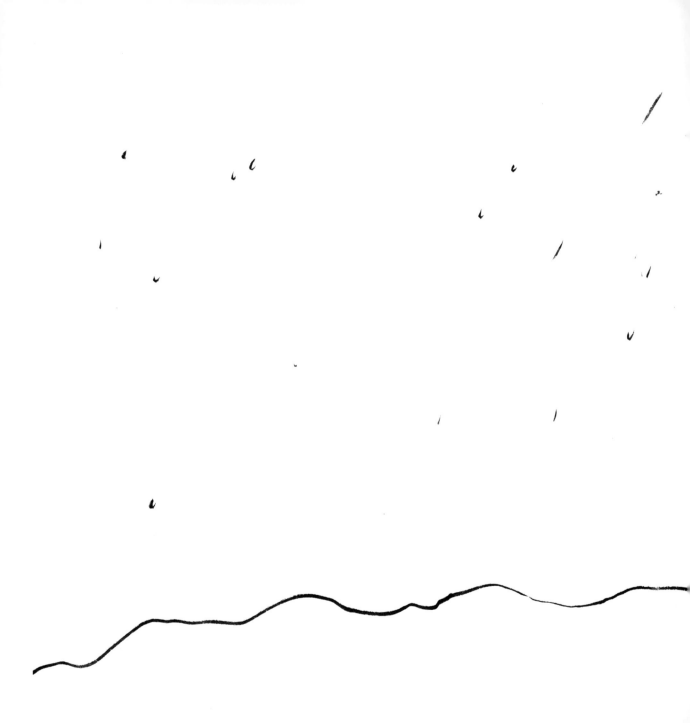

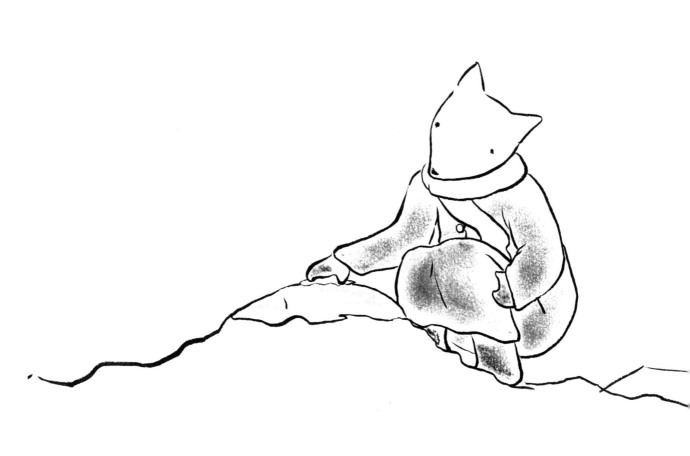

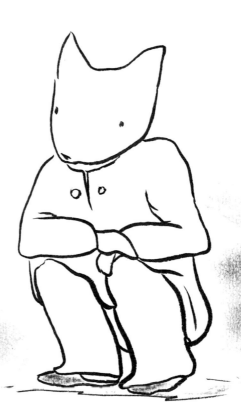

模擬故事

狐狸先生很愛畫畫，可惜他的畫不受青睞。

失落的狐狸先生在歸途中，發現凍僵在風雪中的咕嚕。狐狸先生將咕嚕帶回家細心照護。

咕嚕不吃食物，牠只愛吃畫。狐狸先生家裡的畫都被咕嚕吃光了。好心的狐狸先生只好不斷地畫畫，以滿足咕嚕的特殊胃口。

隨著四季過去，咕嚕已長成龐然大物，狐狸先生的家再也容納不了咕嚕。

有一天，狐狸先生心血來潮，帶咕嚕出門寫生。可惜巴士承載不了咕嚕的龐大體型，幸虧好心的卡車司機讓他們搭便車。

狐狸先生來到林蔭湖邊作畫，咕嚕就充當狐狸先生的模特兒。

接著，咕嚕的同伴突然出現。狐狸先生很高興咕嚕找到同伴，他與咕嚕揮手道別，還送了畫架和椅子給咕嚕。

咕嚕開始作畫，同伴和孩子們都期待著咕嚕的畫。

離開了咕嚕的狐狸先生，也因為畫了咕嚕而找到他的人生方向。

畫外寓意

　　狐狸先生的夢想一開始雖然無法實現，但因為他不求回報的舉動，讓他在幫助他人的同時，也幫了自己。

　　人生就是充滿了各樣不確定因素。當我們覺得夢想難以到達時，那就拐個彎，豐富自己的歷練。你會發現，原來夢想已經在前方等著我們了。

　　親愛的讀者，你也可以試著看圖發想出一個屬於狐狸先生和咕嚕的故事喲！

兒童文學 46　PE0161

狐狸先生與愛吃畫的咕嚕

圖・文／蘇　飛
責任編輯／陳慈蓉
圖文排版／莊皓云
封面設計／蔡瑋筠

出版策劃／秀威少年
製作發行／秀威資訊科技股份有限公司
114 台北市內湖區瑞光路76巷65號1樓
電話：+886-2-2796-3638
傳真：+886-2-2796-1377
服務信箱：service@showwe.com.tw
http://www.showwe.com.tw

郵政劃撥／19563868
戶名：秀威資訊科技股份有限公司
展售門市／國家書店【松江門市】
104 台北市中山區松江路209號1樓
電話：+886-2-2518-0207
傳真：+886-2-2518-0778

網路訂購／秀威網路書店：https://store.showwe.tw
　　　　　　　國家網路書店：https://www.govbooks.com.tw
法律顧問／毛國樑　律師

總經銷／聯寶國際文化事業有限公司
地址：221新北市汐止區康寧街169巷27號8樓
電話：+886-2-2695-4083
傳真：+886-2-2695-4087

出版日期／2019年6月　BOD一版　**定價**／250元
ISBN／978-986-5731-96-0

秀威少年
SHOWWE YOUNG

讀者回函卡

感謝您購買本書，為提升服務品質，請填妥以下資料，將讀者回函卡直接寄回或傳真本公司，收到您的寶貴意見後，我們會收藏記錄及檢討，謝謝！

如您需要了解本公司最新出版書目、購書優惠或企劃活動，歡迎您上網查詢或下載相關資料：

http:// www.showwe.com.tw

您購買的書名：＿＿＿＿＿＿＿＿＿＿＿＿＿＿＿＿＿＿＿＿＿＿＿＿＿＿＿

出生日期：＿＿＿＿＿年＿＿＿＿＿月＿＿＿＿＿日

學歷：□高中 (含) 以下　□大專　□研究所 (含) 以上

職業：□製造業　□金融業　□資訊業　□軍警　□傳播業　□自由業　□服務業　□公務員　□教職
　　　□學生　□家管　□其它＿＿＿＿＿＿＿＿＿＿＿＿＿＿＿

購書地點：□網路書店　□實體書店　□書展　□郵購　□贈閱　□其他

您從何得知本書的消息？

　□網路書店　□實體書店　□網路搜尋　□電子報　□書訊　□雜誌　□傳播媒體　□親友推薦

　□網站推薦　□部落格　□其他＿＿＿＿＿＿＿＿＿＿＿＿＿＿＿

您對本書的評價：(請填代號　1.非常滿意　2.滿意　3.尚可　4.再改進)

　封面設計＿＿＿＿　版面編排＿＿＿＿　內容　＿＿＿＿　文／譯筆＿＿＿＿　價格＿＿＿＿

讀完書後您覺得：

　□很有收穫　□有收穫　□收穫不多　□沒收穫

對我們的建議：＿＿＿＿＿＿＿＿＿＿＿＿＿＿＿＿＿＿＿＿＿＿＿＿＿＿＿
＿＿＿＿＿＿＿＿＿＿＿＿＿＿＿＿＿＿＿＿＿＿＿＿＿＿＿＿＿＿＿＿＿＿
＿＿＿＿＿＿＿＿＿＿＿＿＿＿＿＿＿＿＿＿＿＿＿＿＿＿＿＿＿＿＿＿＿＿
＿＿＿＿＿＿＿＿＿＿＿＿＿＿＿＿＿＿＿＿＿＿＿＿＿＿＿＿＿＿＿＿＿＿

11466
台北市內湖區瑞光路 76 巷 65 號 1 樓

秀威資訊科技股份有限公司　　　收

BOD 數位出版事業部

....

（請沿線對折寄回，謝謝！）

姓　　名：＿＿＿＿＿＿＿＿＿＿＿＿＿＿　年齡：＿＿＿＿＿　性別：□女　□男

郵遞區號：□□□□□

地　　址：＿＿＿＿＿＿＿＿＿＿＿＿＿＿＿＿＿＿＿＿＿＿＿＿＿＿＿＿＿＿＿＿＿

聯絡電話：(日) ＿＿＿＿＿＿＿＿＿＿＿＿＿＿　(夜) ＿＿＿＿＿＿＿＿＿＿＿＿＿＿

E-mail：＿＿＿＿＿＿＿＿＿＿＿＿＿＿＿＿＿＿＿＿＿＿＿＿＿＿＿＿＿＿＿＿＿